숨과 숲의 거리

숨과 숲의 거리

김도경 시집

아시아

시인의 말

우리는 악기를 들었다

들지 않고는 견딜 수 없었다

숨과 숲의 거리

시인의 말

2부

3부

해설

1부

제1악장 타란툴라

눈이 거미줄처럼 옷에 엉겨 붙었어
검은 패딩에 하얗게

타란툴라야
여름을 겨울처럼
겨울을 여름처럼
그렇게 살 수 있다면

날씨를 뒤집으며 지낼 수 있다면
기온을 온기라고 바꾸는 말장난처럼

우리는 공존할 수 있을 거야
우리는 살아남을 수 있을 거야
어떤 단어로도 지칭할 수 없는 장소에서
네가 내게 물었어

나의 여름을 너의 겨울처럼 살아내줄 수 있겠냐고

자살을 위한 밧줄 매듭이 유행인 시절에

네가 나에게

내가 나에게

신이 내려오는 기적 대신 눈이 내렸어

우리라는 벅찬 단어로

긴 나선형을 그리는 음표처럼

연주회에 와줄래요?
당신이
관객석에 앉아 있다면

무대에 오르고 숨을 고르며

나는 나를 만드는 일을 해낼지도 몰라요

관객석에 나를 만들고
나와 닮은 소리를 만들고
나와 닮은 메타세쿼이어 길을 만들고

우리는 울어본 적이 있어요
물음으로 가득한 적도
이해할 수 없는 공간을 고민한 적도

어떤 별은 내가 죽어야만 가는 곳이라고 믿으며 잠을

청했어요

그 별에서 내가 아끼는 사람들이 다 같이 존재하고

우리는 행복을 점치며 지구를 바라봤어요

아주 먼 곳에서 온 편지처럼

연주회에 당신이 앉아 있어요

당신 옆에 내가 있고

내 옆에 내 친구가 있고

연대를 이룬 흔적으로 가득하게

새해가 돼서야 묻는 안부는 슬프고

기억을 회상하며

이 연주는 지속돼요

긴 악보가 이어지고

연주회의 참석 명단이

장례식장의 초대장과 동일할 것이고

메타세쿼이어 길을 같이 걸으며

나무 하나에 이미지를 떠올리며

내가 당신을 부른 적이 없을지라도 만남은 이루어져요

새벽이 어떤 별에 닿는 순간이

오랜 부름으로 모두를 모이게 하는 공간이

우리를 있게 해요

우리를 묻게 해요

연주회에 와줄래요?

음표처럼

기분처럼

손뼉을 치면 구름이 움직였다

빨래를 널다가 일주일을 내 옷에서 살던 네가 보인다

나는 그냥 너를 다혜라고 부른다

만난 이름이 아니며

누구를 사칭한 이름이 아닌

그냥 다혜

너의 얼굴을 들여다본다

왜 녹색은 포옹을 싫어하는지

혼잣말을 중얼거리는 너였고

빨래는 하는 것보다 너는 것이 중요했다

듣기가 읽기보다 중요하듯

너와의 첫 만남은

아끼던 사람을 마주쳤던 호텔 카운터였다

지인들과의 대화를 묵묵히 지켜보던 너는 우리와 비슷

한 표정을 지었다

네가 나를 끌고

산책을 시작하는 계기가 되었다

일주일을 세다가 보름까지

보름을 세다가 한 획을 긋고

그어진 경계를 넘는 건 어린아이의 짓궂은 장난과 유사

하다

네가 웃고

나는 적는다

겨울을 만난 귤이 껍질을 벗는다

네가 귤을 건네며

다시

경계를 넘는다

제주도

엄마의 고향까지
산을 넘어 저편을 지키는
바다까지

네가 빛으로부터 승화되기 전에
너를 부르는 이름을
다시 부른다

다른 이유가 되기 전에

바다 한가운데에
너와 내가 있었다

대화보다는 시선을 마주 보는 것에
의의를 둔다
뭉쳐진다

귤 하나를 입에 넣는다

유성이 떨어지는 하루

숲이 곧 행성
하루를 끌어들이는 중력을 만납니다

저는 전시회 소개를 맡은 도슨트
새들의 지저귐이 우리의 효과음입니다

우리는 탄생에서부터 경험했습니다
부딪치는 것
거대한 중력으로부터 시작되는 것
어른은 아이의 상처와 부딪치고
아이는 어른의 상처에 부딪치고
잔혹동화는 시작됩니다
끝은 모르고 사랑은 첫 단추를 잘못 끼웠습니다
도망가고 도망가면

다시 숲입니다
세상에는 여러 가지 이유가 있습니다

꿈에는 꿈을 미워하는 이유가 있고

오늘도 잠을 뒤척이는 가족이 있습니다

천장에는

우주라고 적힌 벽지가 있고

쏟아집니다

우주에서

나무들이

나무들이 쏟아지는 비를 경험합니다

이것을

유성이라고 하면 어떨까요?

지구가 멸망하면

우리는 도망갈 곳이 있을까요?

지금입니다

모두 하늘을 주목해주세요

마음 깊숙한 곳으로 손을 넣고

붓을 꺼냅시다

우주라는 도화지에

촉각으로 인사합시다

당신들의 색깔이 우주를 뒤덮고

보랏빛 죽음이

지구를 누릅니다

숲이 비명을 지릅니다

새가 대신

사람이 대신

날씨가 대신

꿈이 대신

숲은 무엇으로도 변하지요

우리는

우주라는 통증을 지녀본 적이 있습니다

지금 여러분은 집이 안전하다고 생각할지도 모르지만

그곳도 한 행성일 뿐입니다

부딪침은 피할 수 없습니다

당신과 제가 부딪칩니다

사람이 사람으로 부딪칩니다

오늘은 폭발하는 날

만남을 고백하는 날

새들이 땅으로 떨어집니다

손뼉을 치면 구름이 움직였다 2

내가 말했던 다혜 있잖아

나이를 먹고 키가 줄어들다가 어느 순간 할머니가 되었대 그곳에서 지나가는 시간은 우리의 시간과 달라서 다혜는 나보다 어른이 되었대

다혜는 내 미래를 보았대 보았지만 말해주지는 않아

내가 변할까봐

나는 언제든 잃어버리는 물건 같은 사람이래 전봇대에서 마주친 오래된 가구에는 다혜 같은 사람이 앉아 있고

다혜는 그 옆을 오래 지켜보다 떠났대

다혜는 버려져도 다시 돌아오고 어떤 때는 한 번에 찾아오고 어떤 때는 여러 번을 헤매다 찾아와서

내게 이야기를 들려주었어

그러니까 누나,

오늘 나는 다혜를 소개할까 해

부르는 게 아니라 불려지는

허리가 굽은 다혜가 저기 걸어오지? 다혜의 주름만큼 우리와 다혜 사이에는 긴 파도가 있어

종종 먼 훗날의 누나가 다혜를 닮았으면 한다고

누나,

긴 걸음을 재촉하는 건 우스운 일이라고 다혜가 말해줬어 골목길을 돌아가다가 거리의 다혜를 마주치고 시를 썼어

오늘 나는 몇 명의 다혜와 수다를 떨었는지

새벽은 물음으로 하루를 마무리한다고

육아는 어때?

손을 뻗으면 부산까지 닿을 것만 같아

긴 악수가 우리를 다혜에게 소개하는 방법이야

긴 인사가 서로의 편지가 될 것 같아

집에서 가족사진을 펼치면 가족들 얼굴이 모두 다혜로 겹쳐지기도 했어

그때 나는 다혜로 세상을 인식한다는 걸 뒤늦게 깨달았어

뒤늦게 누나를 생각했어

만약이 우리가 지닌 끝이라면

사람이 사라지는 것을 기대해본 적은 없어요

새벽이 이동을 촉구할지라도
우리는

여기서 버티도록 해요

인간을 자연에 은유하면
섬에 갇힌 우리가 있고

하나, 둘
사라져 가요
거리에 상어 떼가 돌아다니는 지도 몰라요

전자레인지가 완료를 말하고
즉석식품을 먹으며
우리는 버티고

섬

꿈이 가진 경계는 바다 한가운데에서 오롯해요

태어나고 태어나기를 망설이는
내 옆에 누군가가
우리라는 영역을 거부하고
밖은 위험해서 그래
지나치게 머뭇대는 이야기가 시작돼요

지느러미가 있어야 물고기인가요 우리는 모두 심해어일
지도 모른다고

기포처럼 물방울이 올라오는 경우 새벽의 하늘에 못 보
던 별자리가 생겨나요 선을 긋고 하늘의 십자수를 만들어
요

잇고 이으면

섬과 섬이 연결되고
방과 방이 이어지고
타인을 만나는

집 안의 가족들은 새벽에 움직이고 불빛은 우리를 불안
하게 만들어요

내일이 궁금하지 않은 하루가
끝나지 않았으면
물고기는 뻐끔, 뻐끔
별과 별을 수영하고

자연은 백 가지 방법으로 자살을 해요 백 가지 방법으
로 타살을 해요

의미 없는 법규처럼
외면당하고 갇힐 뿐이에요

아침이 오기 전에 생존 신고를 해요

기한은 오늘까지

나무는 사람을 믿을 수 있을까

책상에 앉은 사람에게 글을 전하기까지
종이도 나무라는 사실을 잊지 않는다
나무에 기대어
늘 가깝던 것을 멀게 생각한다
바람을 도서관이라고
반납은 오늘까지라고

누군가에게 바람으로 다가가는 법을 고민한다 바람이
멀지 않다 당신은 어째서 울고 있는지 묻지 않는다
나도 알고 있고
모두가 알고 있으니까
죽지만 말아달라고
기도했으나
떠나간 사람도 있었다
당신은 죽지 않았으면 했다 왕래한 적 없는 관계가 어

떨 때는 더 애틋했다

　그래, 는 외면하지 않겠다는 다짐일까

　아니면 외면해서 미안하다는 뒤늦은 사과일까

　나무로 가득한 공원에서

　나무로 된 벤치에 앉아서

　나무와 닿아 있을 수많은 사람에게

　바람을 통해 편지를 보낸다

　우리의 마음에는 집이 있고 그 안에서만큼은 우리라서 행복하다고 여전히 시는 실체를 잡을 수 없는 기체와 실체를 잡을 수 있는 흔적 사이에 있을지라도

　단어가 멀어지면 더 많은 사람이 그 안으로 들어올 수 있다

　더 멀게,

　멀어지는 것을 웃음이라고 사칭한다

　어디서도 들려오는 웃음은 서로를 찾을 수 있고

죽었던 사람도 돌아올 수 있으니까

오랜만이야

초면이지만 미안하다고

내 안에 나이테가 흉터처럼 새겨진다 문장은 중얼거리
는 잠꼬대처럼 적히고 적힌다

외롭게 떨어진

숲에 혼자 남은 당신이

바람에 둘러싸여 있다 문장에 둘러싸여 있다 나이테의
중심이 되고 있다 우리는 당신을 중심으로 돌고 있다

그러니

당신은 그만 헤매도 된다고

뒤늦게 안부를 묻고 있다

제주도는 돌담길을 걷는 것만으로도 여행이더라고요

이모

엄마의 동생

할머니의 딸

우리는 볼 수 없기에

소식은 모르고

저는 정확한 이유는 몰라요

어른들은 어른들이고

저는 어른이지만

가장 작은 어른이니까요

돌담길은 걷는 것만으로도 행복해서

걸을 때 풍경이 좋아서

이모

처음이 끝인 줄 알았으면 더 많은 이야기를 할걸

엄마의 동생

할머니의 딸

제 시를 읽어주셨으면 좋겠어요

커다란 땅이 그리운 만큼

잃어버린 게 많아요

굽은 집에 가득 차게 많고

상에는 음식이 잔뜩 차려져 있어요

사촌 동생들은 웃고 있고

저는 이 중에서는 가장 큰 어른이고

할머니의 딸

엄마의 동생

비는 양말을 젖게 만들어요

제주도는 비가 많이 와서

양말을 빌릴게요

이모

시를 좋아하지 않는 사람도 시를 읽으면

슬플 수 있게

저는 듣는 사람이 되고 싶어요

꿈을 동그라미로 그려요

이 안에 사람의 얼굴도 들어가고

글자의 받침이 되기도 해요

꿈은 상상하고 이루어지는데 의미가 있는 거 맞죠?

시는

손을 받치는 것이고

손은 뿌리를 가져요

저는 어떤 어른이 되고 있을까요

이모

이야기는 대상이 없을 때

시가 된다고

대상이 없어서

손으로 들고 있어요

자꾸 새어 나오는 목소리는 잊을 수 없어요

우는 건

다른 표현이 될 수 있어요

길게

길게

적을 수 있어요

저는 꿈이 될 수 있어요

자지 않아도

이룰 수 있어요

신이 별건가요

믿어도 없을 때는

거짓으로 신이 되면 돼요

거짓말은 저의 주특기
감정은 날씨도 속이고
쏟아지는 자음이나 모음 중
고르고 골라
동그라미에 넣고

저는 적을게요
저는 듣고 있으니
다시 말해주세요
다시 이야기해주세요

식물성 인간

옆 좌석의 승객이 바뀐다 목적지에 생각이 도착한 사람은 옆이 누구인지는 상관이 없다 어떤 행색이더라도 잠시 지나가는 타인에 불과하다 창밖 배경은 기차의 속도만큼 빠르게 넘어간다 선로는 이탈이 없고 시선은 둘 곳이 없다 비치는 창으로 내 옆의 승객이 보인다 핸드폰을 만지고 이어폰을 끼고 나는 지금도 당신을 모르지만 언젠가 마주치더라도 여전히 모를 것이다 모두에게 배경이 있다 영화에 단역이 있고 지나가는 행인이 있듯이 나를 제외한 모두에게 나는 단역에 불과할지도 모른다 뒤바뀌는 기차의 배경처럼 이름은 사물의 속도를 따라잡지 못한다 오늘 궁금한 것이 내일은 수수께끼가 되어 단단해진다 껍질은 나무의 표피와 닮았고 잎사귀는 흔들리는 아우라이다 그날의 별명이 모든 것의 총칭이 된다 우리는 서로를 바깥이라 칭한다 기차의 종점에서 둘은 다른 출구로 돌아서 나가고 비슷한 행색의 인물을 거리에서 보고 혹시 당신이 아닐까 생각할지라도 거리를 헤매는 사람에게 이름이 없는 것은 평등하게 적용된 바깥의 원리다 누군가보다 우위에 서고 싶은

마음이 기차에서 들었다 옆으로 새로운 승객이 앉는다 시
간이 멈춘 정지화면이 시작된다

잠깐이지만 새로워졌던 적이 있어

그곳에서만큼은

나를 묻지 않고

내 행색에 관심을 가지지 않았어

여름이었어

가을이었고

겨울이었어

바다에서 헤엄을 치다 보면

사람이 살지 않는 섬에 도착할 것만 같았어

섬이라기보다는 언덕 같은 곳

바다에도 언덕이 있지 않을까

파도도 쉽사리 미워하지 못한 곳

아무도 살지 않아서

죄가 없고

법이 없는 곳

나는 그런 곳에서 살고 싶었어

때로는 그런 곳에서 태어났으면

내가 하는 언어가 첫 번째 언어이고

내가 하는 행위가 인류의 첫 행적이라면

아주 유사해지고 싶은 마음이었어

아름답다는 말과 가까워질 수 있지 않을까

아름다움이 필요했던 것이라고

내게 필요했던 것은

시작을 내딛는 아름다움이었다고

간조와 만조도

계절의 변덕도

잠깐이지만 침범하지 않았어

나를 쉽게 지나치지는 못했어

내가 통과한 만큼

나를 통과할 수는 없었어

이곳에서만큼은

아주 잠깐일지라도

숨을 쉴 수 있었어

누구도 나를 이해 못 해도 내가 지구였던 적이 있었어

누군가가 나를 지구라고 부른 적이

기호

귀찮아서
천장만큼 키가 자랐다

어떤 옷이 나한테 잘 어울릴까
색깔이 신화라서
자꾸 영웅이 되었다가

신을 입에 담았다

벅찬 것은 없고
말은 무엇도 부를 수 있다
신호를 줘

달리기는 시작된다

계주였어, 중학교 때 나는
달리고 달리면 원을 지녔어 지금은

밤에 운동장을 걷고

중얼거려
명언 같은 무늬를
옷이 내 서술이야

자라고 자라서
천장이 됐으면 해

파라솔 같은 존재
여름의 운동회는
뜨거웠고
유니폼은 우리라는 이름을 만들었어

지금 나는 검고 검은 옷을 입고
기온을
온기라고 뒤집으며

계절을 거꾸로 지내며 살아가고 있어

미래의 밤은
지나간 애인들과
축제를 벌이고 싶어

하늘로 올라가는
풍선처럼

각자 서로를 상징하는 옷을 입고
서사와 하늘에 대해
이야기하고 싶어

기표와 기의처럼

오늘의 기분은 어땠니?

묻고 싶어

우리는 망설인다

불쌍해

하지 않아도 돼
길을 잃은 아이는
어른이 되는 법을 먼저 배우니까

상실은 또 다른 복습이고
집에 혼자 남은 아이는
책을 펼친다
독서는 구름에 원인을 찾고
비가 내리고
비가 구름의 일부가 되고
빗방울이 창문에 부딪치며 절규한다
표정처럼

아이는 수업 시간이면 창문을 본다
운동장이 젖는 원근법부터

가까운 창문에 빗방울이 부딪치는 순간까지
교실에서는 수업이 진행 중이고
아이뿐만이 아니라 다른 아이들도 창밖을 본다
비는 어느새 교실에도 내리고 있다

길을 잃는 건 도착을 모르는 것이다
수업이 끝나도
집을 찾지 못하고
집이 이동하는 것도 아닌데
방에 있던 기억만 있고 집에 있던 기억은 없다
아이는
비를 통해 표정을 감추는 법을 배운다

어른이 된 아이는 우는 방법을 몰라서
헤어지자고 말하는 애인이 슬픔을 알려줘야 울음을 터
득했다
그때

비 오는 교실의 풍경을 떠올렸고

우산이 없이 집에 가던 학창 시절이 떠올랐다

길을 찾는 법을 뒤늦게 깨달았다

그날도 비가 내렸다

당신의 수란이 필요해

연애가 목적일 때 꿈은 전위적이다
만나본 것만 같은 형상들이
시야를 뒤덮는다
실제로 만나는 봤을까
어쩐지 이 말이 필요한 것만 같다

당신의 수란이 필요해

감정을 요리해달라고
아니면 나의 기억을
아니면 나의 시어를
물꼬를 트는 것은 어렵지 않다
자주 쓰는 단어들이 모인 냉장고에서
하나를 집어 들고
자주 보는 요리 방송을 떠올린다

계란을 맛있게 먹는 방법은 몇 가지로 수식될까

지금 내가 찾고 있는 음식은
어떤 마음에서 비롯되었을까
엉성하게 칼을 쥔 내가 엉성하게 슬프다
나도 모르게 찾아보는 슬픈 영상처럼

당신의 수란이 필요하다
맛보다는 슬펐으면 좋겠다고
오늘은 그런 기억이 찾아왔으면 좋겠다고
다가오는 형상 중에
나와 함께 요리할 형상을 찾는다

손이 칼에 베여도 나를 챙겨주지 않을 형상
사물보다는 인간에 가까운
그런 당신의 마음이 필요해
오늘을 미워해도 될 만큼 큰 그릇이 필요해

아침이 도착하는 데 필요한 시간

사랑할 때 주인공이 된다

우리도 연애할까요? 가 아닌 우리도 연기할까요? 가 더 가까운 멘트다
평범한 집에
평범한 사람이
가장 특별해지는 순간이 찾아온다

무대는 그 어디도 가능하며 그 어디도 영원하다 시간이 열두 시간만 존재하지 않고 밤을 종이 접듯이 낮의 꼭짓점으로 끌고 온다

사랑은 도형으로 따지면 삼각형에 가까우니
모래성을 뺏어내고
또 뺏어내도

깃발은 위태로움 속에서 더 빛난다

오래, 오래 간직한다
페르소나처럼

지우는 것이 아니라 넘기는 것이다
넘기고 넘기면

다시 당신이라는 페르소나로

한적한 섬이 우리의 침대가 된다 침범할 수 없고 조명은 어둡게 맞춰진다 숨소리는 밤의 자장가였고

고백은 종교를 믿지 않아도 믿게 만든다 오늘의 고백이 부끄러울지라도 미래의 묘비명에 당신의 이름이 적힌다

고백은
거짓말이 아닌

성스러운 목소리가 담아내고

오늘 우리가 헤어질지라도 꿈이라는 중력이
서로의 네 번째 손가락에 걸려 있으니
숙면할 수 있다
책갈피는 원인을 찾지 못하기도 하니까

덮어놓은 책의 페이지가 마음대로 넘어간다 사랑의 영
사기가 재생된다

어제가 오늘로 오늘이 내일로
구름이
땅으로

안개가 덮인 날, 거리에서 남자 주인공이 여자 주인공을
마주치고 손을 맞잡은 채 하늘로 올라간다

맺힌 이슬이 우리의 마침표다

너무 연연하지 않는 것이 우리의 방식이다

당신 또한

진짜 두고 왔어

공감을 바란 것은 아니고
듣기 정도를 바랐다

변기에 시집을 두고 왔는데
내린 물과 함께
사라졌는지
텅 빈 공간만이 있었다

나는 달에 두고 왔다고 사람들에게 말했고
타박을 듣게 된다
우울이라는 단어를
나와 가깝게 던져주는 이를 기다렸다
동네 사람들이
축하와 우울의 징조를 궁금해해주기를 바랐다

책상 위에 사과가 있다

어린 시절

천진난만하게 사과를 베어 물고 이유 없이 웃었다

창문 밖으로

어린 내가 뛰어간다

시집은 이렇게 어디에도 있는데

사과를 한 입 베어 문다

아담과 이브는 시작을 어떤 이야기와 함께 했을까

창문 밖으로

사과를 던지면

시어가

데구루루

굴러간다

어느새 해가 지고 있었다

유약한 테두리

관람 방향을 따라주세요

길을 자주 잃어버리는 나는 이탈을 하고야 만다 방향만
확인해도 도착할 텐데

분명 표지판을 읽은 나는 길을 잃어버렸다
코끼리가 서 있다
전시회의 팸플릿에는
없는 작품이었고
화면은 초원이다

코는 주름이 많고 상아는 악의 없는 힘을 지닌다 걸어
다녔을 뿐인데 식물이 망가져 있고 초원이 집인 코끼리는

외부인을 반기지 않는다 온순한 동물이라고 여겼는데
정면에서 본 모습은 커다란 덩치가 용역 깡패 못지않다

장면은 전환되어 집으로 변한다
집을 파괴하는 검은 양복의 남자들이
상황은 묻지 않고
깨진 유리가 의견을 대변한다

시계는 시곗바늘을 잃어버리고 나는 길을 잃어버렸는데
방문을 열고
거실로
가족들이 나온다

얼굴을 본 적이 없는 먼 친척까지

맞아,
오늘은 누나의 결혼식이었다

　코끼리의 등에 올라탄 누나가 식장으로 입장하고 아빠
는 코끼리의 귀를 잡은 채 펄럭인다

축가는 매형이 불렀고 검은 양복의 남자들이 수군수군
자기들만의 이야기를 하고

코끼리의 상아는 악의 없이 식장을 부수고 있다 누가
길을 찾아줬으면 하는 마음으로 나는 앉아 있다

시대의 영웅처럼 어린 조카가 길을 형성하며 입장한다

가이드가 너였음을
단번에 알아챈다

나는 그 뒤를 따라 허겁지겁 달려간다

합평

형, 형은 왜 시선에 대해서만 써요?
형, 그리고 형은 왜 맨날 헤어지고
왜 맨날 다시 태어나죠?
형, 형은 신이 뭐라고 생각해요?

*

눈동자 뒤에는 커다란 게 있을 거 같았어
나는 자주 헤어졌고
태어나지 못할 뻔했거든
신은 나도 잘 모르겠어

내 답변이 하찮을지도 모르겠는데
데자뷔를 좋아했고
걸었던 곳을 또 걷는 느낌
만났던 사람과 같은 대화를 두 번 하는 느낌

지금 너와의 대화도 두 번째야

*

형, 형의 답변이 되게 추상적인 거 알아요?
형, 예쁜 말만 쓴다고 시가 아닌 거 알아요?
형, 근데 오늘 날씨는 어떨 거 같아요?

*

나는 꿈을 꾸면 구름이 고향이었어
예쁜 말만 고르는 게 아니라 마음이 예쁘고 싶은 거야
마음이 마음을 자주 미워해서

미움받을 수 있는 용기 같은 게 부족해서
책을 읽을까 해
자기계발서나 명언집 같은 거

그리고 오늘 눈이 내릴지도 몰라

나는 겨울에 태어났거든

*

근데 형 문장 어디서 봤던 거 같아요

근데 형

왜 자주 울어요?

왜 엄마보다 아빠를 더 미워해요?

*

내 눈이 보는 곳이 곧 내가 태어나는 곳이었고

내 눈이 시선을 거두는 곳이 곧 이별하는 곳이야

내 눈 뒤에 문이 열리면

그곳에서 엄마가 울고 있어

유리 가득한 길을 깊숙이 걸으면

아빠는 거기서 등을 돌려 울고 있어

신이 뭐냐고 물었지?

내 옆에 없는 게 신이야

내 옆에 있는 게 너고

그만 나와

안에서 바깥으로

*

엄마가 가장 아픈 날

기도를 가지고 태어났어,

나는

형, 질문을 가지고 다시 오면

그때는 우리 안아도 보자
이름도 물어보고

이제 이별 같은 거 그만하자,
우리
형 문장이 익숙했어 그래서
좋았다고 말하고 싶었어

2부

제2악장 누구에게나 불이 있다

만져지지 않는 뜨거운 감정처럼

기억을 인화하는 사진가는 항상 화상을 주의해야 한다

우리는 불이었던 흔적이 있고

불이어야 했던 때가 있었다

그때의 우리는

모닥불에 모여 마무리하지 못했던 이야기들을 끝냈고

가장 뜨거운 순간을

가장 냉정하게 사진으로 남겼다

모든 것을 내려놓아야 한다고

그러면 우리는 자유로워질지도 몰라

다시는 돌아가지 말자고

우리가 불이었던

우리가 불이어야 했던

돌아가지 말자는 말과는 다르게

액자에 걸린 사진은 우리를 부르고 있다

또 다른 감정의 순간이

언어처럼

타닥타닥 타오른다

말은 하지 않지만 모두가 지금을 알고 있다

우리는 모형을 포기한다

우리는 자유를 포기한다

매일이 새롭게 뜨거워진다

판도라의 상자

누군가가 내 이름을 불러줘서 그 방으로 초대되었다 아이가 별을 그리고 있었다

별에 별을 겹쳐낸다

뾰족한 것은 점점 뭉툭해진다

아무도 해칠 수 없는 형상으로

꽃의 모형으로

방에 꽃이 피었다 펜을 든 아이

무엇이든 그려내는 아이

필통에서는 나무가 떨어진다 그 나무들 중에 책상이 될 나무가 있고

우산에 빗방울이 맺혀 있듯이

쏟아지는 것 중에 내면에서 시작되는 것을 찾아낸다

기적과는 먼 쓰레기 처리장

기적과는 먼 육하원칙

모든 아이는 소원을 품고 있고
손을 들고 저요 라고 외치는 아이들
그사이에 그림을 그리던 아이가 있고

오늘은 누구보다도 먼저 당신이 와줬으면 좋겠어요

아이가 미래를 그렸다
미래에 나는 누군가의 세상이 될지도 모르고
방에 불이 꺼지고

그림을 그리던 종이가 구겨진다
꽃이 구겨지고
우산이 구겨지고
소멸이 일어난다
아이가 사라지고

나는 남겨진다

*

책상에 앉아 별에 별을 겹쳐낸다 불러낼 이름을 고민하
고

호명과 함께
상자가 열린다

작아진 내 몸이 낯설게 느껴진다 당신이 초대된다

로션이 신체와 가장 가까운 것은 아닐까

어느 누가 노크를 했다

당신에게 할애할 공간이 없다고

방 안에는 누나가 가득했다

누나가 시집을 사줬다

누나가 밥을 사줬다

누나가 지갑을 사줬다

누나가 깁스를 해서 뒤처져 있을 때 걸음을 맞춰 걸었다

우리는 시집을 읽는다

내가 좋아하는 시인이야 낭독은 내가 했고

농담처럼

누나가 웃었다

나는 시인이 되지 못할 것 같다고, 이 시집을 읽으니 그
런 생각이 든다고

나는 자유롭지 못해서 여전히 이곳에 있고

누군가가 집 밖에서 서성이고 있다

방에 있던 누나들이 나와

거실에 모였다

저 사람을 의심했고

저 사람이 우리를 해칠까 두려웠고

로션은 신체와 가장 가깝다고 누나 중 한 명이 말했다

누나가 로션을 사줬다

그 로션을 바르며 방문을 굳게 닫았다

그 안에도

누나가 있어서

밖에 있는 사람과 동일할 거라는 생각이 들었다

침대에 누워서

새벽을 기다렸다

불안정한 초침과 분침이 시침을 이끌고 있었다

그 시간을 읽을 수가 없었다

잠에서 깰 수가 없었다

궤도

동화를 들고 있었어, 두 팔이 저리게
누나가 어째서 동화를 들고 있는지 물었고
나는 답했어

배꼽을 이곳에 두고 왔어,
헨젤과 그레텔처럼

이 안에서 우리는 길게 이어지고 있어 걸어본 적 없는
거리가 익숙했고 숲으로 도망쳐 왔어 집에서 멀리 도망치
고 싶은 마음으로 그러면서도 집에 머물고 싶은 마음으로
맨발이 지저분했고

누나는 말했어
꿈의 세계는 없을까 아무도 모르고 아무도 도착하지 않
은 그런 세계는 없을까

나는 우주를 떠올렸어 신화가 되고 싶다고 별자리로 기

억되고 싶다고 누나는 웃지도 울지도 않았어 사랑을 헤매는 날개를 지니고 싶다고 했어

　우리에게는 날개가 있었던 흔적이 있다고 날개뼈에 묘한 흉터를 가리키며 말했어

　이 말은 누나가 했는지 내가 했는지 모르겠어 어쩌면 둘이 같이했을까

　우리의 심장은 빛으로 되어 있다는 말도 밤에는 빛이 응축되어 있다는 말과 함께

　그 빛으로 시간을 이해하는 것이라고 그 빛으로 어둠을 이해하는 것이라고

　지금 우리는 신도 천사도 없는 세상에 있어

　어느새 누나는 아이를 둘이나 가졌고

　내가 그 아이를 업고 다니다가 아빠라는 소리를 듣기도 했고

　나는 여전히 동화를 들고 있고

　헨젤과 그레텔은 책갈피가 꽂혀 있는 페이지에 멈춰 있

어

    그 밤과 이 밤이 헷갈리게 어떤 하루가 다른 하루로 해석되게 동화 밖으로 수많은 아이가 뛰쳐나오게
    이 세상 모든 헨젤과 그레텔이 뛰쳐나오게

    길게 구전되는 동화는
    현실과 이어지고
    아이는 여전히 옥상에서 탈출을 감행하고
    마음은 씨앗을 잘못 품은 채 거대한 나무로 자라났어 그 나무에 매달린 열매가 툭, 툭 떨어지고 그 열매에 맺힌 얼굴이 툭, 툭 터져 나가고 비명은 음소거되고 울음은 어항 속에 갇힌 금붕어의 기포처럼
    올라오는 수신호를 우리는 종종 놓치고 누나는 현실을 걷고
    나는 동화를 걷다가
    빨간불임을 뒤늦게 깨달았어

자동차가 급정지를 못 하고

피가 튀고

열매가 툭

떨어지고

내 죽음에 조카가 울었어

조카의 등에서 날개가 생겨났어

나는 구름에 맺힌 하나의 표정이었고

땅에 있는 가족들에게 편지를 썼어 매일이 다르게 비로

오고 빛으로 오고 계절로 쏟아질 것이라고

누나가 이제는 동화를 그만 들고 있어도 된다고 말해줬

어

조카가 악몽을 꾸었다고 울면서 거실로 나왔을 때 나는

말 없이 안아줬어 꿈이니까 괜찮다고 등을 두드려줬어

동화를 내려놓겠다고

누나에게 알려주고 싶었어

그 이야기는 겨울의 프리지어처럼

내가 누나보다 조금 더 밝은 명암이었을 때
누나가 나보다 조금 더 어두워지기로 했을 때

누나가 광주에 왔다 시집을 잔뜩 사줬고 서가앤쿡에서
밥도 먹었다 내가 다니는 학교의 운동장에 앉아서 가만히
풍경이 되기도 했다 우리는 같이 있었지만 동시에 다른 밝
기를 가졌고 흑백사진에는 묘한 명암이 존재한다는 것을
깨달았다

내가 비를 맞으며 학교에서 돌아오는 길이 유독 멀게
느껴졌을 때
누나가 집에 있는 시간이 먼 미로를 걷고 있는 것만 같
았을 때

나는 지구가 암전된 것만 같았고 누나는 지구가 불에
타는 것만 같았다 다른 것이 비슷하게 엉켰다 벽에 대고
말하면 아무도 들어주지 않았다 벽이 흔들리고 벽지가 방

안에서 부유할 때 누나의 시간을 짐작했다 한달을 보름처럼 지냈고 일 년을 일주일처럼 간직했다

유독 작은 카페에서 디저트를 고르는 일을
유독 작은 서점에서 내 미래를 점치는 문장을 고르는 일을

잠깐일지라도 내 빛이 거짓이 아니었음을 증명하고 싶었다 내가 지닌 동일해지고 싶은 마음이 동화였다면 누나가 지닌 동일해지고 싶은 마음은 울타리였다는 것을 누나가 광주에 왔던 그 시절의 나로 돌아간다 나는 그림자처럼 조금 더 어두워지기를 택한다

누나가 조금 더 밝게 보인다 나는 내게서 멀어져간다

내가 아는 나무에 대한 모든 이야기

아이들은 물구나무를 선다
아이들은 나무가 된다
손은 뿌리로
다리는 가지로
아이들을 찾으러 온 어른들은 숲을 헤맨다
숲은 나무를 감추고
나무는 숲의 다른 이름이 된다

숲에 아이를 버린 부모는 왜 메아리에 휘둘리는가, 숲의 일부가 된 아이는 왜 자연스럽게 수많은 목소리로 부모의 꿈에 찾아오는가

부모는 두 가지 꿈을 같은 방식으로 꾸고 아이는 유효하게 태어난다 유효한 것은 필요하고 정확한 것 아이는 나무의 방식이 된다 책상도,

의자도,

종이도,

바닥도,

아이는 어떤 방식으로도, 아이는 어떤 이야기로도, 신화
속 인물은 나무가 도피처였을까, 아니면

영원히 부모를 괴롭히는 이야기였을까
옛이야기는
구전되고 구전되어
다르게 전해진다

여전히 어른은 실수를 하고
아이는 사랑을 궁금해한다

숲에서 메아리가 들려오면
바람은 바삐 소식을 전한다
아이들은 귀를 열고

아이 뒤에 아이

아이 옆에 아이

이야기는

전승, 또 전승된다 부모는 여전히 태몽을 꾼다 여전히
해석이 필요하다

잠을 지키는 철학

산책은 왼쪽으로 시작할까요?

아니면 같이 방향을 잃어볼까요?

달은 밤에게 왼쪽을 파먹혀 있고

우리는 어디까지 헤맬 수 있는지를

실험하고 있는지도 몰라요

하늘에서 땅으로

날개가 쏟아지고 있는데

빛이 남지 않아서 보지 못하고 있는지도 몰라요

새가 되고 싶다고

당신은 고양이가 되고 싶다고

밤과 가장 가까운 동물을 서로에게 말해줘요

비밀이 너무 많아서

걸을 때마다 지면이 흔들리고

잠시만

쉬었다 가는 미학을 지키기로 해요

벤치에 앉아서

지나간 서로의 소문과 비밀을 해명하기로 해요

나는 달에게

당신은 철학에게

우리는 보름달이 되고

하늘과 땅은 모두 밤이라는 지시어에 속하고

그만해달라고 빌어도 늦은 시간이에요

방에 벽지가 이곳을 떠돌고

이를 환각과 환청이라 말해도 무방하다고

우리가 몇 바퀴나 돌았는지 모르겠어요

이걸 마지막이라고 한 게

몇 번째인지 모르겠어요

오늘을 연기해서 슬픈가요

아니면

기뻤나요

새로운 생명을 지니는 것은 이리 가까운데

저는 밤의 새가 되어

당신은 밤의 고양이가 되어

땅의 골목을 지키고

하늘의 미로를 헤맬 때

우리가 무엇이 되고 있는지 그것조차 헤맬 때

달은 어둠에게 파먹혔던 왼쪽의 자리를 채웁니다

보름이나 걸렸어요

보름이나 되었어요

집이 어디 있는지 모르게

도착할 수 없는 페이지에 머물러요

당신이 울면

제가 응답하고

제가 울면

당신이 울었어요

영문을 모르는 사람들은

동물이 우는 것을

영역 다툼이라고 생각할지도 몰라요

오늘 밤 꿈에 우리가 나올지도 몰라요

그때

같이 해명하기로

약속해요

낮과 밤의 거리만큼 긴 이야기를 나누기로

먼저 눈물을 흘리지는 않기로

다시 만날 때

서로를 알아보기로

그렇게

약속해요

물에도 도면이 있을까

최선의 마음은 거품과 유사하다

인어공주는 왜 꿈을 꾸었을까

기척이 공간의 이해와 밀접하듯이

사라지고 남은 자리에서

기포가 올라온다

유사성에 대해서 고민한다

컵에 물을 가득 채우고

목 넘김을 느끼는 행위

깊숙한 곳에는 제국이 있다

인어공주의 마음처럼

기포를 수면 위로 올리는 사람이 있다

우리는 지금 여기서 당신이 동참하기를 기다린다

물에 발을 담그면 두 발이 쭈글쭈글해지듯이

이해를 논하는 것이 중요하지 않은 공간이 있다

이해가 아닌 참여를 논하고자 하는 것이다

물에는 시작과 끝이 있다

결이 다른 기회가 모습을 만들고

물로 이루어진 존재가 최초의 숨을 들이쉰다

우리는 지금 이 안에서 호흡하는 중이에요

팔을 들면 물방울이 떨어지고

바닥을 적신다

모스부호처럼

살아 있음을 증명해낸다

만들 수 있고

축제를 벌일 수 있다

우리는 물로 존재해봤으며

물로 돌아갈 의지를 지닌다

생이 다가오는 순간이라 봐도 무방하고

생이 물방울을 흘리는 자살이라고 봐도 무방하다

물이라는 타인을 입는다

이 안에 수많은 목소리가 있고

죽음을 노래하는 거품이 있다

우리는 언제든 자살과 가까우며 의로운 타살과 가까움을

수면에서 기포가 올라온다

기적이 아니고

수명을 한 모금 뱉어낸 것

미화되는 것이 아니라 동참해야 하는 것

통증이 통점을 아프게 누른다

살려달라는 수신호가 우리의 존재다

이유와 멀고

허기짐과 가깝다

채워도 채워도 목소리는 더 많은 것을 원한다

우리는 물에 중독된 것인지도 모른다

우리는 시작이 중독이었는지도 모른다

레옹

2월이 시작되었고

7월은 어떨 것 같나요?

레옹,

우리에게 가장 필요한 것은 권총과 화분 우리에게 가장
필요한 것은 논점을 흐리지 않을 권총과 녹색으로 가득한
화분 우리에게 가장 필요한 것은

초원을 꿈꾸는 총알과
장면을 보호할 색깔

2월은 제가 태어난 해이고 7월은 당신이 태어난 해라서
여름과 겨울을 믿습니다

다시 한번

거울 안에 가득해지던 우리를 떠올려요

레옹,

끝을 아시나요

밤을 닮은 거리를 낮에 걷습니다

빛이 들어오지 않는 거리를

그런 기분을

거울 안에 우리가 가득해지던 기분이라고

다시 한번

레옹,

믿어본 적이 있는 것에게 배신당한 기분을 아시나요

모두 등을 돌리고

화분에 물을 주는 일이 유일한 일과였던 날들을

그럴 때 한 사람이 와요

그 한 사람이

계절을 닮았습니다

우리에게 가장 필요한 것은 타인으로부터 우리를 지킬
힘과 스스로를 포기하지 않을 인고의 방식

미래를 궁금해하다가 우리는 잠에 들어요
아직 오지도 않은 시간에 우리가 살아요
녹색으로 가득해지길
식목원에 가길
내 옆에 아직 당신이 있길

거울이 깨져도 파편은 우리를 향하지 않길 가득해지는
순간을 잊지 않길

우리에게 가장 소중한 것은
밤을 외롭게 두지 않던 거리
7월의 우리를 상상하며 걷고 있는 지금의 거리

레옹,

나를 믿어줘요

미래의 나 역시

지금을 걸고 있어요

화자는 달

온도를 간직한 커피가 있고

마실 때마다 다가오는 사람들이 있다

네가 있어 내가 무너졌어

외딴 섬 같이

내가 버려둔 시에서 화자들이 걸어 나온다

시간을 행진하고

단자처럼 공간을 빼곡하게 채운다

우리가 사라지는 순간이 빛이 들어서는 순간이야

이슬이 우리의 흔적일 때

달은 자신의 반쪽을 잃어버려

그 잃어버린 반이 우물에 가득 차 있을 때

우리를 이어주는 문이라는 듯이

모두가 뛰어든다

텀블러의 반을 가렸고

기적을 기다리던 아이가 긴 타원형 아래에서

나를 우러러보고 있었다

네가 아이였음을

네가 모든 화자들을 부르고 있음을

이번 크리스마스에는 눈이 내렸으면

아주 작은 소원부터 차근차근 빌어본다

화자들이 나를 추궁하기 전에

모든 것을 시작한다

태도

목에 깁스를 한 배우가

컷

소리를 듣는다

배우의 시선은 불안정했고

CCTV나 블랙박스가 아닌 카메라는 처음이었다

독립영화를 많이 보는 것과 별개로

연기는 어려운 서사임을

감독과 스태프들이 보고 있다

엑스트라조차 배우를 응시하고

상대 배역은 아버지 역할을 맡은

중년의 남자였고

공간은 집

태도는 멜랑콜리

긴 나선형으로

긴 웜홀로

긴 구덩이로

깊숙이 낙하한다

태도는 여전히

새우젓

반찬을 던지는 상대 배역

나물이 얼굴에 묻고

배우는 화가 난다

어디서 비롯됐는지 모르게

주체를 못 하고

밥상을 엎고

감독은 다시

컷

배우는 자신이 화를 내본 적이 없음을 깨닫는데

화를 닮은 반찬은 역시 새우젓이라고 생각하고

자신의 고향은

바다가 보이는 한적한 도시였음을

그 고향에는

아버지가 있고

어머니는 아버지의 옆에 있고

배우는 배역에 진정성이 필요하다고 생각한다

지금 이곳은 고향이라고

내 앞에는 아버지가 있고

당신에게 처음으로 화를 내는 것이라고

태도는

사랑에서 비롯된 바람의 언덕

아주 높은 산으로 오르면

바위에 앉아서

경치를 바라봤다

그곳에서도 자살을 생각했는데

태도는

죽지 말자고 다짐하는 고시원의 부엌

부엌칼이 공용이라 싫었고

낯선 남자가 자신을 따라 고시원까지 따라왔고

지금 내 앞에 당신은

그 낯선 남자

우리 집 문을 두드리는

나를 협박하는

나는 칼 대신 입을 들고

문장이 대사로 변화되는 지점을 느낀다

거꾸로 보면

거꾸로 떨어지는 충격을 느끼듯이

철봉에 거꾸로 매달리면

키가 큰다는 속설에

토가 나올 때까지 매달려 있듯이

쓸데없는 오기가 이곳까지 끌고 왔어

이곳까지

배우는 감독을 바라보는데

오케이 대신 침묵

군대 이후로 처음 느껴보는 정적

배우는 애드리브를 멈추지 않는다

정적이

배우의 애드리브

오늘은 집에 전화해야겠다고

혼잣말을 중얼거리는

애드리브까지

충실히 몰입했다

배우는 오늘의 몫을 자해의 몫이라고 바꿔 생각했다

그러면서 안정을 찾았다

그러면서 주변의 표정이 보였다

K에게

돈 두 댓 플리즈
외국에 나가 내가 버틸 수 있는 방법은
이 말뿐이었다

거리는 거짓인지 아닌지
실체를 모르는 옛 건물들이 즐비하고
높다란 성당에서

당신을 만났다, K
당신도 여행을 다니는 관광객이었고
우리는 좋은 말벗이 되었다
초면일지라도 초면이 아닌 것 같은
그렇게
당신을 마주한다

이름 모를 호수에서 당신이 사진을 찍고 있다
당신은 사진가 일을 한다고 했고

호수는 보이는 면이 아닌

뒤에 펼쳐진 숲을 찍는 데서 의미가 있다고

사진을 모르는 내가 봐도 당신의 사진은 모호했다

나무가 아닌 새에서 나무를 담아냈고

새가 아닌 구름에서 새를 담아냈다

당신의 요청은 나를 찍는 일이었다

사진 찍는 게 익숙하지 않은 나는 어색한 표정을 지었고

K,

당신은 크게 웃으라고 주문한다

억지로 웃을 때

당신의 수염에 달라붙은 낙엽이 보였다

그게 그렇게 웃겨 나도 모르게 박장대소했고

당신은 흡족해하며 촬영을 마쳤다

K, 모르는 것을 모르는 대로 두는 것을 좋아하는 당신

오늘 당신에게서 메일이 왔다

그날 찍었던 사진과 함께

사진에 나는 없고

호수에 비친 내가 있다

돈 두 댓 플리즈

이런 사진은 자랑할 수 없다고

꼭

내가 내 얼굴을 보고 비웃는 것만 같다고

K, 당신을 다시 만나면 그때는 내가 당신의 사진을 찍어

줄 거라고

당신의 얼굴을 클로즈업해 메일로 보내주겠다고

메일의 글을 작성하다 호수를 클로즈업했다

나한테 저런 표정이 있었나

흠칫 놀란다

물결에 주름진

웃는 것도 우는 것도 아닌 파동 같은 얼굴이 있다

당신의 안부를 묻기 전에 스스로의 안부를 묻는다

K, 당신이 바란 게 이런 거였나요?
긴 편지를 당신에게 보낸다

상상 놀이

중얼거리는 독백으로 시작해

사는 일을 수렴하고 싶을 때

떠오르는 단어가 벽일 때

나를 지우다 마주하는 사람이 나일 때

내려놓는 법을 생각한다

빈 깡통

빈 필통

빈 집

아주 작은 것도 존재하지 않도록

사물의 요소를 지운다

책상에 올려진 물품들도

거울도

나도

속아서 모든 것을 넘기는 게 아닐까

생기는 의문도

미니멀리즘은 시집조차 무섭고

짐작을 기운이라고 여긴다

나의 기운만 있다

나는 공간을 접어내며

뾰족해졌다가 점으로 수렴하고

거기서 의외로 만나는 단어가 있다

우리여서

다시 펼치는 일은 제법 오래 걸릴 것 같았다

상상 놀이 2

오렌지를 입안 가득히 담고
처음을 상상한다

처음으로 애인과 손을 잡았던 순간
처음으로 시를 쓰던 순간
처음으로 내가 나를 울렸던 순간

모든 것은 처음이었고 뜨거웠다
사랑을 오렌지라고 생각했다

좀 더 시적인 문장으로
오렌지를 삼키면 니트 색조차 바뀌는 것 같았다

책장에 책이 쏟아지고
엎어진 책에서 애인이 걸어 나온다

다른 얼굴로

변해버린 과일로

색이 변해버린다

입고 있던 니트가 물든다

상상 놀이 3

별똥별처럼
하나의 행성으로
하나의 물질로

다시 태어나는 법을 상상해

다시 일어서는 법과
다시 무너지는 법을

반복해서 말하고 반복해서 이별해
저주를 받았다고 말하면 어떨까

나와 이별했던 이들이
내게 바랐던 벌은 이런 게 아닐까

미련하게 넘어져 있는
내 손을 잡아주는

아이의 나

교복의 나

성인의 나

내게 바랐던 벌은 스스로가 주는 벌이 아닐까

처벌을 멈추는 것도

스스로가 아닐까

상상을 멈추는 법을 고민해

죽는 것을 멈추는 법

태어나는 것을 멈추는 법

행성처럼

우주처럼

일부가 되는 일을

치즈 하고 웃을까

사진가와 미술가가 대화를 나눈다 요즘 정답이 무엇인지 모르겠어 보편과 필요에 따른 보편은 어떻게 다른지

예를 들면
사진과 미술에 대한 것

미술가는 마음에 붓을 지녀본 적이 있냐고 묻고
사진가는 마음에 앵글을 지녀본 적이 있냐고 묻는다

그래서
정답은 붓이냐 앵글이냐가 아니라

장례식장에 마지막 모습을 그림으로 그려야 할지 사진으로 찍어야 할지 같은 농담이었다 서로의 마지막 모습을 담아내기로 두 예술가는 약속한다

긴 탁자에 앉아 서로를 들여다본다

미술가는 움직이고 움직이는 사진가의 겹쳐진 형상을, 그러니까 보편을 담아낸다
　사진가는 찰나의 순간이 진짜라고 느껴지는, 그러니까 필요에 따른 보편을 담아낸다

　의식하지 않아서
　서로가 존중할 수 있는 것이다
　미적인 순간은
　몰입이라고

　둘에게 죽음이 얼마만큼의 거리를 지닐지는 아무도 모른다 누가 먼저 죽을지도 누가 먼저 조문을 찾아갈지도

　둘은
　지금이 중요할 뿐이다

웃으라고,
마지막은
웃음소리가 어울리는
생이었으면 좋겠다고

같은 마음이 같은 생각으로 같은 공간으로 네가 멀리
있어도 내가 죽음으로 다가간다는 약속이 둘 사이에는 존
재한다

웃으면 복이 올 테니까
벌어진 입안으로
고인을 조문하는 행렬이 들어올 테니까

멀어진 만큼 장난기 가득하게 헤어지자고

3부

제3악장 도시에서 사라진 삐에로

유연했다

헤엄친다

내가 어디로 가는지 모르게

슬픔 앞에서는 자유로워졌다

콘크리트 벽도 통과하고

거리의 한가운데를 지나가도 누구와도 부딪치지 않는다

어렸고

어리석고

지나치게 미숙했던

어린 나를 만나러 가는지도 모르겠다

그보다 더 과거에

내가 태어나기 전의 일들 속으로

존재하지 않았으나

존재하고 싶은 간절한 마음으로

도시가 지치면

숨는 버릇은 여전했고

한 섬에 도착한다

나를 버리고 버리면

내가 태어났던 출생지였다

여인들로 가득한 곳에서

유일한 남자아이가 울고 있었다

모두를 대신하는 울음이 이방인 같았다

색에 몸담는 것

여인이 여인 옆에 있다 한 여인의 얼굴에 나뭇가지가 새겨져 있고

이 나뭇가지는 전염된다 나무와 나무가 너무 가까우면 생장에 어려움이 있다는데
여인은 그렇지 않다
붙어 있기에 더 거대해지고
만개한다

꽃의 이름을 모른다 이 존재 자체로 이름이라고 한 여인이 한 여인에게 속삭인다

이 사랑은 배꼽과 땅 아래에 있는 지층이 닿는 느낌이라고
모르겠으면 꿈을 꾸라고

여인들의 내면에는 수만 개의 방이 있다 그 방문을 열

때마다 서로를 마주하고 생장한다 지금의 진심과 미래의
약속은 계절에 영향을 받지 않고

   끝이 알 수 없는 시작을 내딛는다
   신원 모를 인원이 늘어갈수록
   나무는 숲이 되어 한 공간으로 존재한다

   자주 대화했고 자주 서로의 그림자가 되었다

   나무는 한 번도 표현한 적 없으나
   침묵으로서 옆이 되었다

   너무 시끄러운 소음은 증오라고 생각되기도 했다
   가지 끝에 핀 꽃은 붉었고
   처음은 매력적이었다

매혹, 미로에

갇힌다. 세워진다. 벽을 두고 고민한다. 자연이 가깝다. 넝쿨로 된 벽에서 다음 벽을 예상한다. 엉켜 있는 것을 풀어내다가 다시 처음으로 돌아온다. 갇힌다. 세워진다. 미를 창출한다. 나와 너는 다른 세계이다. 너는 내가 너의 앞에 없기를 바란다. 말 한마디 건네지 못하게 벽으로 둘러싸여 있다. 손을 잡았다. 과거였다. 사라진 시간이었다. 냄새는 각인되었다. 넝쿨에서 비슷한 향이 난다. 잊지 못하므로 너를 인식한다. 눈앞에 없을지라도 기억은 바깥으로 인도한다. 넝쿨이 사라진다. 벽이 없다. 고민보다는 부드러워진다. 흐름이 쉽다. 수영장에서 처음으로 배영을 배우던 느낌으로, 테니스 라켓을 휘두르는 느낌으로. 네가 앞에 있다. 나는 너의 앞에 있다. 너는 기억의 미로이다. 너와 걸었고 너와 있었다. 테니스 라켓을 휘둘렀다. 네트를 넘기는 공, 라인의 안쪽으로 떨어지는 공, 다시 너의 라켓으로 인해 되돌아오는 공. 천장이 없는 하늘을 천장이 있는 것처럼 바라본다. 늙는다. 점수는 무의미하고 하늘은 벽이 되어 있다. 벽을 두고 벽 너머를 상상한다. 하늘 뒤에는 다시 수영, 다시 테니스, 다시 너. 공이 날아온다.

　라켓을 든다. 스윙을 한다. 잊어본 적 없는 궤적으로. 그리고 다시.

테마는 블루

지구는 일곱 가지 색깔로 이별을 고한다 하늘을 우주라
고 생각한다

빛과 빛은 서로를 누구보다도 꼼꼼하게 찾아내고

북극의 네가

내 눈앞에 있다

너의 공간은 겨울만이 존재했고

나는 여름의 지구를 견디고 있었다

얼음이 녹고 있다는 말과

사랑이 식어서 전해줄 것은 검은색이라는 말도

네가 선물이라고 건넨 언어는 내게 멀다

너에게 다가가고 싶은 마음이 없는 것은 내가 사라질까
봐 두려워서다

나라는 지구가 너라는 행성을 견디지 못할까 봐

폭발은 우주를 이룰지라도

내 안으로 너의 손이 들어오고

나는 온몸으로 뜨거워진다

네가 녹아내릴 수 있도록 네가 흘러내릴 수 있도록

바닥으로 네가 흘러내릴 때

두 손 가득히 너를 들어 올릴 수 있도록

믿음을 식별하는 이야기는 신화에 불가하다 물은 언젠가 증발할 것이고 잠깐의 대화만이 존재한다

누군가가 우리의 반대편에서 물을 마시고 있다

누군가가 우리의 반대편에서 세상을 호흡하고 있다

누군가가 우리의 반대편에서 저울질을 하고 있다

너라는 액체가 기체가 되고 있다

나라는 인간이

너와 멀어지고 있다

이별보다는 무늬라고 읽는다 독법은 우주를 닮아가고

새겨지고 있다고

전언할 뿐이다

역효과

우리도

연기할까요?

마술사도 마술을 연기하잖아요 가볍고 때로는 진지하게
이유 없이 화도 내보고 소리도 질러보는 거예요 우리도

그런 감정 표현을 해볼까요?

파격적인 제안이 아닐까 생각합니다 저도 걱정되고 제
숨소리가 자꾸 거슬립니다 블랙박스에서부터 우리의 연기
는 시작되는 거예요

아주 작은 차량 접촉사고부터
혹은
CCTV에서부터 일상을 연기하죠

거리는 카메라로 가득하고 표정은 다양하죠 이렇게 시
작할까요? 당신이 당신을 살인하는 것 제가 당신의 죽음을
당신으로 오해하는 것

일종의 탐정물처럼

벗어내봐요 당신의 겹겹이 쌓여 있는 감정들
표정은 시간마다 다른 빛을 지녀요
햇빛이 시간에 달라지듯이
그늘이 깊어지듯이

영화도 보고 식당에서 음식도 먹으면서 그렇게 인간을
연기하는 거예요

살인은 아무렇지 않아요 당신도 누군가의 식량일지도
모르죠 이곳에서 법은 의미를 잃었고

스스로를 죽이고 인간인 척해요
감정을 의심하는 연기
죽음과 가까워지는 표정

우리 같이 논쟁을 시작해볼까요?

사람이 사람을 죽여야 하는 100가지의 이유를
은유해볼까요?

벗어나는 일은 항상 불안을 수반하고
도시와 바다가 닮았다는 걸 이제야 깨달았어요

바닷속 심해어처럼 모든 시선은 식량을 향하고
배고픔은 생존의 이유가 돼요

우리 모두 되어볼까요?

도발

불안은
동전과 같아서
헛되게 소모되고
헛되게 보존된다

주머니에서 동전을 만지작거리는 습관과 유사하다 어쩌
다가 동전이 생겼는지는 기억하지 못한다
조금 유난스럽게
다리를 떨었다
별 의미 없는 목소리가 폭력으로 인식되고
이제야 실감한다

왜 함부로 사람은 사람에게 손을 뻗는지
왜 함부로 사람은 사람을 탐하는지

지금 나는 동전의 앞면과 뒷면을 번갈아가며 뒤집는다
그러면 내가 못 보던 세계를 볼 수 있을까 봐

거울은 사실적으로 사람을 담아낸다

거울 앞에 내가 있고

나 역시 어떤 음성은 날카롭고

마음에는 가장 날카로운 무기가 전시되어 있다

종전이 없는 세계에는 종전을 이룰 수 없는 간극이 있다 너무 밀접하거나 너무 다른 곳을 보거나

가장 날카로운 것을

내 안에서 꺼낸다

장벽을 터뜨릴 때마다

진물이 온몸을 적신다

그 긴 길 끝에

수많은 사람이 나를 향해 진군했고 나를 바라보는 여러 시선으로 인해

무너졌다

발자국이 상흔이 될 때까지

동전을 뒤집으며

온몸에 흉터를 남겼다

이 일을 앞으로 열 번만 더 할 것이다

모두가 볼 수 있도록

고씨 성을 가진 사람들

사냥을 시작한다
눈이 내리는 설산에서

장총과 권총
개인이 들 수 있는 무기를 들었고
마음에는 가장 날카로운 서사가 있다

죽음을 조롱했던 사람들이 설산으로 들어온다 하얀 눈
은 우리를 가려주고 핏빛 색감은 장미꽃 같다 내가 너를
죽인 만큼 네가 나를 죽였던 만큼 눈이 내린다

겨울을 겨울이라고 부르는 풍습을 지킨다
겨울의 반대편에서도 계절은 겨울일 것이라는 믿음도

총성이 났다
산에 동물들은 자신을 죽이러 온 사냥꾼인지 알고 대피
했고

사람이 가장 동물 같았던 기억을 기록한다

책은 페이지를 멈춘다 하늘은 잔혹함을 설화로 둔갑한
다 나무에 묻은 피
땅에 묻은 피

손에 손을 잡고 연대하는 바람이 냄새를 옮긴다

오늘 또 설산에 누군가 초대되었고 그 숫자가 하나, 둘
이 아니었다 우리는 총을 들었다 서사는 겨울을 넘기지 못
했다

말, 말,
총이 소문보다 빨랐다
이곳에서만큼은

설화와 신화 그리고

우주의 실타래가 천 겹, 만 겹으로 엉킨 게 구름이라고
나는 그 실타래에 엉켜 있는 마리오네트처럼
계절을 품고 계절을 연기하고
배우도 아닌데 페르소나를 알고 있다

*

울라고 해서 운 게 아니고 날씨가 흐려서 그렇다 태아
는 항상 내 안에 있다 각본은 정해진 적 없고

영화처럼
사랑을 정의한다 장면과 장면

여인은 남자를 사랑해서 검을 꺼내고 남자를 베어낸다
마음 깊숙이

바깥은 눈이 오고 내면은 여름이다

구름을 닮은 사람이 구름처럼 웃는다

남자의 안으로 여자가 들어온다

*

배경은 사극
자객이 담을 넘는다

그들은 밤의 절정을 누리고 있고
달은 이를 기록하고

자객이 그들의 공간으로 들어온다

사랑으로 엉킨
마음이 뒤섞인

자객은 그들의 몸을 난도질한다

자객의 어깨에 죽은 그들이 올라타고
저주해
네가 불행했으면 좋겠어

마지막 대사를 내뱉는다

*

새벽을 품은 아이가 태어났다

이날은 잠시지만 죽음을 잊은 것만 같다

자객은 아내에게 고마움을 표하고 어깨는 여전히 무겁
다 다리가 그를 옥죄고 있다 그는 밤이면 악몽을 꾸었는데

달에 자신이 갇히는 악몽이었다 달이 피로 물들고

온몸은 밤으로 찢겼다

*

전생을 연기하던 나는 꿈에서 깨어난다 오늘 애인은 아이를 잃었다

우주는 뒤섞인 공전과 자전으로 가득하고

행성들이 충돌하는 이탈은 없다
나는 문득이라는 단어를 자주 되뇌며 산다 문득 우리가 결혼하고 문득 네가 나를 저주하고

문득 아이가 태어나고
그 아이는

태어나지 말아야 할 우주의 머나먼 공간에서 울음을 터
트리고

오늘을 망설이다가 내일이 된다
내일은 다르겠지
문득 생각했다

*

각본은 인터넷에서 따왔고 주인공은 나와 애인이 맡았
다

우정 출연
달과
우주
정체 모를 자객
시가 된 태아

*

유명인사는 자꾸 죽음을 택했고 그날이면 구름의 마리
오네트들이 꿈을 연기했다
스스로를 살해했고
밤을 지속시켰다

깨어나도 밤이어서 영화는 화면을 조정하지 않아도 흑
백이었다

당신은 어떤 배역을 맡을 것인가요?

물음으로 끝나는 결말

고씨 성을 가진 사람들 2

불안을 연습한다 죽음을 상상하고 가족을 잃어도 본다 파도에 떠밀려간 쓰레기처럼 소중했지만 잃어버린 기억이 되어본다

총을 떠올린다 총구를 내 얼굴에 갖다 댄다 말리러 오는 사람들이 있다 죽어본 사람이 죽는 것도 더 잘할 수 있다고 마음을 미워해본 사람이 마음을 더 잘 미워할 수 있다고

부끄럽지 말라고 카톡 프로필을 적었다 죽음을 위로하기보다는 죽음을 조롱하는 글을 봤다 내가 고인이 되었을 때 가장 내 인생과 어울릴 법한 사진을 찍으러 사진관에 간다 어디에 쓸 사진이냐고 물었고 나는 답한다 프로필 사진으로 쓸 것이라고 어떤 직업을 가지셨냐고 물었고 나는 답한다 글을 쓰는 꿈을 꾸고 있다고

사진이 찍힌다 조명이 있는데도 어둡다

사람들이 모인다

내 죽음을 위해 고씨 성을 가진 사람들이 모인다 고인
은 조문이 싫다 오늘 또 누군가가 죽었고 나는 그 사람을
위해 어떤 집단을 상상한다
고인은 사람이 싫다
우리는 무기를 든다
총성이 울려도 모른 체한다

미래일기

개들이 늑대로 변하고 있었다

주인의 목을 물며

시어를 쟁취하고

스스로 언어가 되기를 바라고 있었다

외면은 최선이 아니라서

개와 늑대의 간격을 고민하는 학자들이

동굴을 탐사하기로 결정한다

그 기원을 찾고자

깊은 동굴로 들어간다

벽화는 태초에 시였으니까

태초에 호흡이었으니까

불을 지피던 흔적이 있다

이곳을 탐사하는 다른 인간이 왔다 간 듯이

늑대가 개가 되던 시대의 이미지를

훔치는 자들이 있다

늑대의 울음소리가 들려온다

동굴이 그들의 중력이라서

학자들은 도망칠 곳이 없음을 깨닫고

벽화 안으로 들어간다

스스로 이미지가 되어

작은 불을 지피는 것부터 시작한다

다시

기원이 되고자 했다

미래에는 늑대가 울고 있고

학자들은 원인을 모른 채 기원을 방향으로 잡았다

늑대가 개가 되는 것과

개가 늑대가 되는 것이

필연이라는 듯이

모두가 마음속에 소원 하나쯤은 간직하고 있었다

모두가 시작을 의심하는 버릇 하나쯤은 있었다

그래서

늑대의 울음만이 시대를 연결해주었다

영원히 주인인 줄 알았던 자들이 도시의 벽화가 되었고

늑대의 주인은 아무도 없었다

그들이 지나가기를 기다릴 뿐이었다

타겟을 타격

베를린을 반 바퀴 도는 것과 방 안을 반 바퀴 도는 것 중 더 가치 있는 일을 고민했다 모든 것은 이 문장에서 시작됐고

연필을 굴려 문제에 닿았다
정답을 모를 때면
문제에 닿는 일조차 어려운 일일 때면
운에 기댔다

사람 간의 폭력에 대해서도
오답이 우수수 쏟아졌다

모두가 말이 많은데 아무도 정답을 모른다
오류에서 비롯됐어
아픈 사람을 찾는 게 중요한 것이 아니야
우리는 이미지가 중요한 지도 몰라

링 위에 올라가 있는 사람과 사람

피투성이가 되어도 주먹을 내지르는 순간

내부를 통과하는 관객들의 시선

조이스틱이 존재해

시선이 조이스틱이라면

테크닉보다는 악랄함이 중요해

주먹을 내지르면 피하기보단 맞아야 했다 맞을수록 더

강해지는 사람을 떠올리며 문제에 정답을 골랐고

오답조차

피의 농도로 정답이 되었다

어느새 나조차 링 위에 올라가 있었고

관객들의 시선으로 인해

악랄해졌다

장벽이 무너지는 순간을 떠올렸고

주먹이 내 이마를 통과했다

더, 더

더,

더

큰 충격이 필요했다

카테고리

밤의 문양을 시옷으로 대체했고
밤의 서사를 아리아로 대체했어

어떤 표정에 닿는 지점에서
어떤 마음을 꺼냈고

우리는 행복을 논했어 과거의 감정과 이미지를 논했어

지금 나는 밤이기에 어느 시점으로도 존재해
과거의 우리가
지금의 우리로서 먼 도형을 이룬다고 해도

지금 나는 밤이기에 과거의 토론으로 이미지를 이룰 수
있어
섬에서 행했던 결혼도
이별했던 순간도
누군가를 상상하다가 일그러진 과일도

유리조각처럼

깨진 것이 가장 날카로웠어 베이면 베인 만큼 밤은 깊
어졌어 찢어진 틈으로 우리의 마음이 밀려나와 얼굴이

표정이
파도에 떠밀려 오는 이야기가

지금 우리가 있고
지금 우리가 과거가 되고 있어

서로의 밤을 공유해보자고
첫 문장을 마지막처럼 내딛었어

우리가 울면
우리만큼 사람이 쏟아졌다고

두 번째 문장으로 적었어

다음을 상징할 시어를 생각해냈어 숲이 쏟아졌고 아름
다워지기 시작했어

파훼

점성술에 대해서 말하고 싶은 거야?

아니, 나는 내 시를 믿지 말아달라고 부탁하는 거야

쓰지 않으면 되잖아

나는 거짓으로 비롯되었고 거짓으로 유지되고 있다고
너에게 알려주는 거야

*

사과했고
사과를 받아줄 대상은 사라져 있다

미안이라는 단어에는 얼굴이라는 의미가 담겨져 있는지
도 모른다
가끔씩 비치는

사과해야 할 대상을 투영하는 얼굴
표정

거울을 보고 세수를 한다
씻고 씻어내며

내 시를 믿지 말자고 다짐했다

별과 별을 잇는 일이 시였던 시절이 있었고
지금의 나는 거짓과 거짓을 잇는 일을 하는지도 모른다

                              *

　전화 속에서 울음이 밀려왔다 그 당시에 애인은 울면서
네가 불행했으면 좋겠다고 말했다
　나는 아무 말이 없었고
　숨과 숲의 거리를 고민했다

숲은 공기를 만들어내니까 숨과 가깝지 않을까 언어적 형상이나 발음이 유사하니 더 가깝지 않을까

애인은 그래도 좋았던 기억도 많았다고 말했다
나는 맞다고
숲에서 선물이라는 단어를 *끄*집어오고 여행이라는 단어를 *끄*집어내며
대화를 이어갔다

숨이라는 말처럼
숨 쉬는 일이 버거웠는데

그게 너로 인해 비롯되었다고는 말하지 못했다

*

시집을 읽으면 머리가 울렸다

내가 뭐라도 된 것처럼

내가 대단해진 것처럼

친구에게 못된 말을 해도 어린 시절의 나를 돌보지 않아도

시로 인해 비롯되었다

문자로 인해 세상은 인식돼

문자로 인해 움직이고

문자로 인해 거품이 되어 사라져

내가 사라진 도서관과 내가 사라진 카페에서 전지적 시점을 지닌다

문자로 시야가 뒤덮이고

문자로 세상을 분할하고

가장 언어적인 행위가 시적인 문장이라는 듯이
감각을 잡아줘
이 문자 더미에서 내 감각을

*

그래서

내가 하고 싶은 이야기는

나에게 하고 싶은 이야기인데

내 시를 믿지마

내 시로 인해 상처를 준 사람이 있지 않을까 사죄하고

거짓일지라도 사죄하고 사죄하며

시를 진행해

상상은 무엇도 될 수 있고 무엇도 되지 못해 대상을 잃은 시는 스스로를 향했고

얼굴은 씻어내도 씻겨지지 않아

반복하고 반복해

대상으로 갔다가 스스로에게 돌아오기를

거짓을 연결하고 연결하기를

미안을 시적으로 표현하는 방식을

돌에도 도면이 있을까

우주에 운석도 돌이야
지반의 돌만이 돌이 아니라

달의 표면을 걷는 기분으로 걸을 수 있어 밤과 산책이
있다면
돌의 표면을 우주의 일부라고 느낄 수 있어

너와 내가 산책하던 코스에서 조금 다른 코스로 이동하
는 거야 숲이 아닌 돌과 돌 너머로 한 걸음의 움직임이 이
해할 수 없는 공간에 닿는 거야

미래는 예측할 수 없고
어느 곳에서나 이동은 유동적이야

정물에서 시작돼 멈춰 있지만 돌의 움직임을 이해할 수
있어 어쩌면 지구의 이해관계를 담고 있을 시간을

또 어쩌면 우주에서 떨어진 운석에 대한 시간을
상상은 끝이 없고 말은 무엇이든 될 수 있어

이 단면을 걷는 것을 미지의 행성에 도착한 것이라고
그곳에는
오직 너와 나만이 살고 있어

우리는 세상과 멀어지고 싶은 마음으로 밤의 운동장을
자주 걸었어 이제는 우주의 미지를 걷고 있어 우리를 아는
사람이 아무도 없는 공간을
모든 시간이 밤인 공간을

시선을 돌려도 어둠이었어 눈을 감고 시간을 세기로 했
어
우주의 시간은
지구의 시간과 다르게 흘러갈지도 모르니까

가만히 침묵하기로

고요는 익숙하지만 낯설었어

이 밤은 아주 길게 은하수처럼 이어졌어

사람으로

비롯되다

종교가 없지만 종교가 있는 것처럼

내가 기댈 곳을 무형의 존재로 두는 것을

당신의 전부가 되는 일을

망설임이 없다

벽이 없다

닿을 수 없을지라도 닿았던 기억으로 기어코 만질 수

있다

헤엄치는 것처럼

통과하고 통과하며

당신에게 간다

처음부터 당신의 앞에 있었고

아주 멀 지라도 당신의 앞에 있는 것이 나임을

증명해낸다

일과를 시작하기 전에는 전날 밤 무슨 꿈을 꾸었는지

생각한다

내 안에 지도를 그리듯이

누구를 만났는지 누구를 그리워했는지

이미지를 걷어낸다

우리는 투명하게 엉켰고

처음을 호흡한다

포옹이 세계이며 현실이다

수면과 물의 수면에 대해

나와 당신에 대해

비슷한 형식이 서로를 향해 열려 있다

빛은 수식할 수 없고

모든 시간에 존재한다

꿈에도 빛이 내려온다

동아줄처럼

우리를 이끌어내는 중력처럼

내가 당신에게 하나의 표정이기를 바란다

빌다의 세상

분장실에서 빌다는 할아버지가 되고 있다.

할아버지가 있지는 않지만 할아버지를 위한 봉사활동을 한 적은 있다.

지팡이로 하는 제스처를 연습한다.

무대로 나간다. 관객들의 환호성.

지팡이로 바닥을 짚으며 걸어가는 빌다. 공원 벤치에 앉아 있는 빌다. 밤의 전봇대는 유일하고 사람은 아무도 없다. 빌다는 밤을 지칭하는 단어를 언급한다. 암흑, 어둠, 야맹증, 시력을 잃은 맹인. 화면은 흑백으로 변하는 중.

지시문을 다시 적는다.

빌다의 꿈으로 들어가는 중. 밤을 지칭하는 단어들로 초대되는 중. 밤을 펼치면 그 안에서 지구의 흔적을 알아볼수 있을까. 어두워서 실루엣으로만 존재하고 긴 도로 위에 빌다가 누워 있다. 수많은 사람이 그를 둘러싸고 유일한 빛인 달마저도 구름이 가려낸다. 사람들은 춤을 추고 있다. 보이지 않아도 그들의 춤을 인식하고 문장은 기계음처럼 들려온다. 늘어난 오디오 테이프처럼.

시위의 현장처럼. 아무도 밝히지 않은 촛불의 거리처럼.

버스는 주행할 수 없는 요일을 만났고

사람들은 걸을 수 없는 땅을 지난다. 모두 부유한다.

빌다만이 유일하게 중력을 느끼고

사람들은 풍선처럼 하늘 위로 올라간다. 그들에게는 색깔이 부여되고

이름은 없다.

빌다를 부르는 사람들. 무릎이 땅에 닿지 않는 것과는 별개로 기도는 가능하다고 생각하는 사람들. 호명에도 노래는 있다.

긴 밤의 행렬로 멀어진다.

이 작품은 전작과는 별개예요. "빌다는 기도를 모르고"는 개인에 집중했다면 "빌다의 세상"은 세상에 집중했는데요. 설명합니다. 이 작품에서의 연기는 안개와 유사하다고. 구름을 흉내 내는 안개처럼 하늘의 표정을 흉내 내는 것과 유사하다고.

여기서 저는 빌다의 마음속 발화인데요.

지금 이곳에 우주를 끌고 옵니다.

빛을 삼켜냅니다.

모두가 지니고 있는 목소리를 꺼내주세요.

다 같이

제 이름을 불러주세요.

잘못 부른 이름도 제 이름일 테니 걱정은 말아주세요.

관객들은 빌다의 이름을 연호하고 무대에 불이 켜진다. 아이가 커다란 옷을 입고 있다. 아이는 관객들에게 인사하고 자기보다 큰 지팡이를 질질 끌며 퇴장한다.

연극이 끝나고 사람들은 극장을 나간다. 하늘은 어두워져 있다. 별똥별이 떨어진다. 두 눈 가득히 폭발이 일어난다.

약속이라도 한 듯이 모두가 중얼거린다.

빌다, 빌다, 빌다······.

세상은 우주와 가까워지는 것일지도

빛은 소멸하는 것일지도

빌다, 빌다, 빌다······.

병을 지닌 레고는 부식을 감수합니다

주먹을 쥐어도 무섭지 않게 쥐어졌다

화를 내도 아무도 몰라줬다

표정이 똑같고 토론을 해봐도 상황은 구름같이 멀었다

다신,

유기되지 않을 거야 다시는 유기되는 레고를 방치하지 않을 거야

팔이 팔을 밀어내며

블록 사이를 헤치며 나오는 레고를 보고 생각했다

나는 그 레고를 바라보는 레고이고 내 몸은 사라진 지 오래이기에

네 손을 잡아주지는 못한다

대신

내 신체를 네 신체와 가깝게 둘 수는 있다 우리는 그것을 운명이라고 부른다

세상을 거꾸로 보는 레고의 머리는 부식을 감수한다

인고와 인내는 모든 사물에게 동일하고

사물이 말을 하는 것에서부터 우리의 감정은 이해됐다

종종 태어나는 것을 후회하기도 했다

처음으로 눈 맞춘 세상이 무너진 레고의 성벽이어서

시작을 끝이라고 생각하기도 했다

그게 우리의 종말이라고도

우리의 시적 협연

허 희(문학평론가)

사회를 변혁하는 무기로 시가 기능하던 시절이 있었다. 지금도 시가 체제를 전복하는 혁명의 도구라고 믿는 사람이 있는 것 같다. 미학과 정치가 떼려야 뗄 수 없는 관계를 맺고 있다는 사실에 동감한다. 하지만 시로 할 수 있는 영역 말고, 시가 잘할 수 있는 영역은 다른 데 있지 않을까. 그것은 서정 갈래의 오래된 명제 "작품외적 세계의 개입이 없이 이루어지는 세계의 자아화"(조동일)와도 관련된다. 그러니까 시에서 중점적으로 눈여겨봐야 하는 대상은 다름 아닌 자아라는 말이다. 이것은 당연히 모든 시에 통용되는 정의는 아니다.

그러나 2021년 심훈문학상을 수상한 김도경의 첫 번째 시집『숨과 숲의 거리』를 읽는 데는 분명 유효하게 작용한다. 이때 자아가 자명한 개체가 아니라는 점을 전제할 필요가 있다. 자아는 본능과 제약 사이에서 혼란스럽게 모자이크되는 까닭이다. 이런 심리적 움직임을 포착하기도 쉽지 않은데, 시인은 이를 표현과 의미가 불일치할 수밖에 없는 언어로 나타내야 하는 곤경에 맞닥뜨린다. 따라서 명민한 시인은 본인의 시 쓰기 자체를 우선 사유하는 과정에 돌입한다.

김도경도 마찬가지다. 그는 「파훼」에서 메타적으로 자신의 시 쓰기를 들여다본다. 이 시의 "나는 내 시를 믿지 말아달라고 부탁하는 거야" "나는 거짓으로 비롯되었고 거짓으로 유지되고 있다고 너에게 알려주는 거야" "내 시를 믿지 말자고 다짐했다"라는 시구와 마주하면 독자는 당혹스럽다. 본인이 믿을 수 없는 화자임을 밝히고, 그런 화자가 쓴 시는 믿을 수 없을 거라고 발화하기 때문이다. 보통 시의 화자는 진실하다고 믿는 독자로서는 이 시의 전언을 어떻게 받아들여야 할지 난감하다. 그런데 이쯤에서 나를 포함한 독자가 염두에 둬야 할 개념이 하나 있다.

무엇인가 하면, 시의 화자와 시적 주체의 차이다. 시의 화자가 시적 주체를 혼용해서 쓰는 경우도 적지 않지만,

둘을 구별해두는 게 김도경 시를 읽는 데 도움이 된다. 양자를 가르는 기준의 핵심은 자아와 결부된다. 간략하게 정리하자. 자아를 어떤 대상과의 관계 속에서도 고정 불변하는 '나'로 이해한다면 시의 화자, 자아가 어떤 대상과 관계 맺느냐에 따라 유동되는 '나'로 인식한다면 시적 주체이다. 만약 시의 화자 개념으로만 김도경 시에 접근하면 이 시는 크레타인인 에피메니데스가 모든 크레타인은 거짓말쟁이라고 한 '거짓말쟁이의 역설'에 갇히고 만다.

그렇지만 시적 주체 개념으로 김도경 시에 접근하면, 「파훼」가 시 쓰기에 대한 스스로의 윤리성을 심문하는 작품임을 짐작해볼 수 있다. 다음 구절이 예증한다.

내 시로 인해 상처를 준 사람이 있지 않을까 사죄하고

거짓일지라도 사죄하고 사죄하며

시를 진행해

상상은 무엇도 될 수 있고 무엇도 되지 못해 대상을 잃은 시는 스스로를 향했고

얼굴은 씻어내도 씻겨지지 않아

반복하고 반복해

대상으로 갔다가 스스로에게 돌아오기를

거짓을 연결하고 연결하기를

미안을 시적으로 표현하는 방식을

—「파훼」 부분

이 시의 화자는 모호한 '나'이지만, 시적 주체는 '너'와의 관계 가운데 빚어지는 반성과 속죄의 자아로 표상된다. 반성과 속죄의 자아는 김도경 시에 전면적으로 드리운다. 그의 시는 "문자로 인해 세상은 인식돼 / 문자로 인해 움직이고 / 문자로 인해 거품이 되어 사라져"버리는 세계라서 그렇다. 깨뜨려 헐어버린다는 뜻을 담은 파훼(破毁)를 제목으로 삼아, 김도경 시는 최종적으로는 시를 투명한 언어적 결정체가 아닌, "대상으로 갔다가 스스로에게 돌아오기를" 왕복하고 진동하는 마음(미안)—언어(시적) 표현임을 선언한다.

그러기에 그의 시에서 고백하는 거짓은 속임을 의도하는 것이 아니라, "반복하고 반복해" 운동하는 마음 – 언어 표현의 실현에 반드시 섞여들 수밖에 없는 진실의 불투명성을 가리킨다. 이것을 숨기지 않고 적극적으로 탐색했다는 점에서 김도경은 오히려 신뢰할 만한 시인으로 거듭난다. 이는 무작정 그의 시를 믿어야 한다는 말이라기보다, 반성과 속죄의 자아가 드러나지 않는 시들에 비하여 그의 시가 믿을 만하다는 말이다. 물론 시는 신앙의 대상일 수 없다. 그래도 이제는 자못 의심스러워진 현대시의 진정성을 되새기는 데 반성과 속죄의 자아가 기여한다.

독자마다 상이한 결을 발견해낼 수 있겠으나, 김도경 시의 대략적인 특징은 「합평」에 기입되어 있다. 여러 사람이 모여 작품을 비평하는 자리에서 그는 다음과 같은 질문을 자주 들었던 듯하다.

형, 형은 왜 시선에 대해서만 써요?
형, 그리고 형은 왜 맨날 헤어지고
왜 맨날 다시 태어나죠?
형, 형은 신이 뭐라고 생각해요?

— 「합평」 부분

별것 아닌 물음 같지만, 그가 던진 의문에서 김도경 시의 주요 요소가 호명된다. 그것은 '시선의 방법론, 이별이라는 테마, 자기 부활의 모색, 신에 대한 언급'이다.

이에 관한 답변은 이 시에 "추상적"이나마 성실하게 기술되어 있으므로 혹시 놓친 독자가 있다면 한 번 더 숙독해도 괜찮을 것이다. 그 일은 각자에게 맡기고 나는 표제작을 거론하고 싶다. 시집의 부(部)를 제1악장−제2악장−제3악장이라는 악곡 형식으로 표기한 예가 방증하는 것처럼, 김도경은 자신의 시가 음악(성)과 긴밀하게 연관됨을 명시한다. 이를 주목하는 작업으로 김도경 시와 접속하는 다양한 길 중 하나 정도는 안내할 수 있지 않을까. 아래에 「긴 나선형을 그리는 음표처럼」 전문을 옮긴다.

연주회에 와줄래요?
당신이
관객석에 앉아 있다면

무대에 오르고 숨을 고르며

나는 나를 만드는 일을 해낼지도 몰라요

관객석에 나를 만들고

나와 닮은 소리를 만들고

나와 닮은 메타세쿼이어 길을 만들고

우리는 울어본 적이 있어요

물음으로 가득한 적도

이해할 수 없는 공간을 고민한 적도

어떤 별은 내가 죽어야만 가는 곳이라고 믿으며 잠을 청했어요

그 별에서 내가 아끼는 사람들이 다 같이 존재하고

우리는 행복을 점치며 지구를 바라봤어요

아주 먼 곳에서 온 편지처럼

연주회에 당신이 앉아 있어요

당신 옆에 내가 있고

내 옆에 내 친구가 있고

연대를 이룬 흔적으로 가득하게

새해가 돼서야 묻는 안부는 슬프고

기억을 회상하며

이 연주는 지속돼요

긴 악보가 이어지고
연주회의 참석 명단이
장례식장의 초대장과 동일할 것이고

메타세쿼이어 길을 같이 걸으며
나무 하나에 이미지를 떠올리며
내가 당신을 부른 적이 없을지라도 만남은 이루어져요

새벽이 어떤 별에 닿는 순간이
오랜 부름으로 모두를 모이게 하는 공간이

우리를 있게 해요
우리를 묻게 해요

연주회에 와줄래요?
음표처럼
기분처럼

　　　　　　　　　　　– 「긴 나선형을 그리는 음표처럼」 전문

　김도경은 시집 전체가 하나의 "연주회"임을 피력한다. 그는 시의 향연에 독자를 초대하고, 그렇게 "당신이 / 관객석에 앉아"야 "나는 나를 만드는 일"을 해낼 수 있음도 강

조한다. 여기에서 놓치지 말아야 할 사항은 김도경 시집 연주회가 그의 일방적 공연으로 열리지 않는다는 점이다. 앞서 서술한 김도경 시에 두드러지는 반성과 속죄의 자아는 이와 같은 협주를 제안하는 겸손, 곧 "연대를 이룬 흔적"과 공명한다. 한데 이는 초청의 형태를 띠지 않아도 이루어지기에 독특성을 갖는다.

만남의 공간은 "기억을 회상하며" 생성되고 거기에서 "이 연주는 지속"된다. 그때 이곳에 함께 하며 우리는 "긴 나선형을 그리는 음표"로서 따로 또 같이 장엄한 음악에 참여하는 셈이다. 보다 상세한 김도경 시가 지향하는 음악성, 예컨대 개별 시에 내재한 리듬 분석은 지면 제약 상 읽는 이의 몫으로 남겨둠에 양해를 구한다. 다만 1부를 시작하는 「제 1악장 타란튤라」에서도 제시되는 바,

우리는 공존할 수 있을 거야

우리는 살아남을 수 있을 거야

(……)

신이 내려오는 기적 대신 눈이 내렸어

우리라는 벅찬 단어로

— 「제 1악장 타란튤라」 부분

언제나 김도경이 '나'보다는 '우리'의 가능성에 무게중심을 두는 시인임을 덧붙여둔다. 심훈 문학이 그랬듯, 그의 시─음악도 단절이나 고립과 거리가 멀다.『숨과 숲의 거리』는 심훈문학상에 값한다.

추천의 말

그가 스무 살 무렵 우리는 강의실에서 만났다. "너는 시인이 될 거야." 맑고 천진한 표정으로 사뭇 진지한 질문을 던지곤 하던 김도경에게 이렇게 말했던 적이 있다. 그 후로 긴 시간을 견디며 무르익은 시들을 대하니 그때의 예감이 떠오른다. 이제 그는 음역이 넓은 성악가처럼, 또는 여러 역할을 소화해내는 배우처럼, 삶을 다채롭게 연주하고 연기할 수 있게 되었다. 때로는 우주적 공간이나 신화적 시간으로 멀리 뻗어가며 상상 놀이를 펼치기도 하고, 때로는 현실의 불안과 결핍을 아프고 날카로운 서사를 통해 드러내기도 한다. 주로 밤과 꿈에서 길어올린 이 모호하고 싱싱한 언어들은 첫 시집이라는 특권과 자유를 한껏 누리고 있다. 그러면서도 세 개의 악장으로 이루어진 이 시집은 시인의 뛰어난 리듬감각을 보여주는 동시에 잘 짜여진 음악적 구조를 지니고 있다. 「1악장 타란툴라」「2악장 누구에게나 불이 있다」「3악장 도시에서 사라진 삐에로」, 이

세 편의 시는 각 악장의 서곡에 해당한다. "연주회에 와줄래요?" 사랑스러운 초대를 받은 우리는 그의 '울음'과 '물음'이 빚어낸 매력적인 '화음'에 귀를 기울일 수밖에 없다. 앞으로도 활과 리라를 켜는 그의 뒷모습을 오래 오래 지켜볼 수밖에 없다.

_**나희덕**(시인)

  도경의 시 중에서 듣는 사람이 구체적으로 상정돼 있는 작품, 예컨대 「긴 나선형을 그리는 음표처럼」 「제주도는 돌담길을 걷는 것만으로도 여행이더라고요」 「합평」 「레옹」 「파훼」 같은 시들이 특별히 좋았다. 자신을 위한 시들에서 도경은 "상상 놀이"를 즐기는 기발하거나 사색적인 예술가이지만, 특정한 누군가를 위한 시들에서는 다정하고 정확하게 말하고 싶어하는 사람이 된다. 말로 타인의 마음을 열고 싶으니 다정해졌고, 오해 없이 이해해주기를 바라니 정확해졌으리라. 이 다정함과 정확함으로 도경은 그가 바라는 "우리"라는 이름의 시공간을 종이 위에 짓는다. 나는 그런 도경이 다른 도경보다 더 근원적인 도경일 거라고 믿고 있다. 그가 시인인데도 오히려 "듣는 사람"이 되겠다고 다짐하고(「제주도는 돌담길을 걷는 것만으로도 여행이더라

고요」), "내 시를 믿지 말라"며 자기를 할퀴듯 반성하는 것
도(『파훼』) 그가 본래 그런 사람이어서가 아닐까. 아니 그건
중요하지 않다. 앞으로 그가 쓸 문장들이 어차피 그를 그
런 미덕 쪽으로 이끌 테니까. 도경의 시를 읽으며 우리도
그곳에서 만나자. 다정하고 정확해지는 것은 꽤 중요한 일
이다. 어쩌면 시보다 더.

_신형철(문학평론가)

숨과 숲의 거리
ⓒ김도경

2021년 10월 29일 초판 1쇄 펴냄

지은이 김도경
펴낸이 김재범
펴낸곳 (주)아시아
출판등록 제406-2006-000004호
주소 경기도 파주시 회동길 445
전화 031)955-7958
팩스 031)955-7956
전자우편 bookasia@hanmail.net

ISBN 979-11-5662-568-1 03810